Onderdanige
Bibliotekaris
AF409401
en ander verhale
Erika Sanders

Onderdanige Bibliotekaris en ander verhale

Erika Sanders
Reeks
Oorheersing en erotiese onderwerping

Opsomming

Onderdanige Bibliotekaris is 'n roman met sterk erotiese BDSM-inhoud en op sy beurt 'n nuwe roman wat aan die Erotic Domination-versameling behoort, 'n reeks romans met hoë romantiese en erotiese BDSM-inhoud.

(Alle karakters is 18 jaar of ouer)

Nota oor die skrywer:

Erika Sanders is 'n bekende internasionale skrywer, vertaal in meer as twintig tale, wat haar mees erotiese geskrifte, ver van haar gewone prosa, met haar nooiensvan onderteken.

Indeks:

Opsomming

    Nota oor die skrywer:

    Indeks:

    ONDERDANIGE BIBLIOTEKARIS EN ANDER VERHALE ERIKA SANDERS

    ONDERDANIGE BIBLIOTEKARIS

    SEKSUELE BEGEERTE

    WELKOM HUMIDITEIT

    GEKLEEK VIR DIE GELEENTHEID

    ONVERWAGTE ONTVANGS

    ONTVEVREDE

    EINDE

ONDERDANIGE BIBLIOTEKARIS EN ANDER VERHALE
ERIKA SANDERS

ONDERDANIGE BIBLIOTEKARIS

13

"Juffrou, sal jy so gaaf wees om vir my te wys waar die erotiese boeke is?" het 'n manstem van agter my gesê.

Ek het gevries, my vingers vas op die sleutelbord van my rekenaar.

Vir 'n oomblik het ek my oë toegemaak en gesluk.

Ek het gevoel hoe die onderste spiere binne my styf trek.

Ek het gevoel hoe my tepels hard word teen die satyn van my bra.

Dit was nie sy woorde nie, dit was sy stem.

Dis wat hy aan my gedoen het.

Ek het voortgegaan om na hom te luister, selfs noudat hy stil geword het, en dit het in my 'n begeerte na die broodnodige vrylating wakker gemaak.

Dit was baie glad.

Soos witsjokolade-truffels, my wondermiddel, wat in my keel afgly.

Diep, net soos toe ek...

Ek het ingeasem, stadig my asem laat los, my vingers krul nou terwyl ek probeer om my balans te behou.

"Ek help u graag, meneer."

Ek het 'n sagte maar hoorbare hyg en 'n onmiskenbare gekerm uitgelaat.

Toe ek omdraai, hoor ek my eie skerp asemhaling.

Hy staan aan die ander kant van die onthaal, 'n sonbril nog op, sy ferm lippe bewe effens.

Ek het besef ek wil glimlag.

Ek het die lyne van sy rooi snor en bokbaardjie met my oë nagespeur, my tong het uitgeskiet om my onderlip af te lek, selfs al het ek probeer om die beweging te weerstaan.

"Die erotiese boeke, juffrou?"

Ek het my oë opgeslaan en my verbeel watter idees deur sy kop loop.

"Ja, meneer, hierdie kant toe."

Ek het om die toonbank geloop, my knieë bewe effens.

Ek het gestop om my balans te herwin en myself gevloek omdat ek vandag die swart hoëhakskoene dra.

Hulle sou hel wees om met die trappe af te klim na die onderste verdieping.

Ek het die warmte van sy lyf agter my gevoel terwyl ons na die verwysingsgedeelte gestap het.

Ek het my hande op my sye vasgehou en wou hom bereik.

Ek wil op my regmatige plek agter hom wees, my laat lei.

Maar ek het my professionele kalmte behou en voortgegaan om ons pad deur die rakke van ensiklopedieë te werk.

"Dames eerste," sê hy toe ons by die ingang kom wat na die vloer daaronder lei.

Ek het my oë gerol, met die wete dat hy hulle nie kan sien nie.

Maar 'n deel van my het gewens hy het.

Ek het 'n giggel onderdruk en die leuning gegryp en die stadige afdraande begin.

Ek kon 'n slegte meisie wees wanneer ek wou.

"Was daar iets spesiaals waarna jy gesoek het, meneer?"

"Die erotiese romanse-afdeling. Ek het die naam waarna ek soek op 'n stuk papier geskryf. Laat ek kyk of ek dit kan kry."

Ons het sonder ongelukke die bodem bereik, alhoewel my hakskeen twee keer die rand van die smal metaaltrappies vasgevang het.

"Nuut of gebruik, meneer? Die res van die nuwe sagtebande word ook hier gebêre. Ons hou dit net vir 'n paar maande bo."

"Nuut, beter."

"Dan sal ons hierdie kant toe moet gaan," het ek gesê, links gedraai en in 'n dof verligte gang afgegaan, my hartklop verhoog met elke tree.

Sy asemhaling het swaarder geword soos hy my gevolg het.

Ons skoene het op die keldervloer geklik, die geluid gedemp deur die rakke van boeke om ons.

Bo ons het 'n lig gebrom en geflikker.

Ek het 'n nota gemaak om die foutiewe gloeilamp aan te meld.

"Wat was die naam van die boek?"

"Ek kry blykbaar nie my nota nie. Maar die skrywer het met E begin en van Sanders, Erika? Ek sal die titel ken as ek dit sien."

Ek het na 'n stel rakke aan die ander kant van die vertrek gewys.

"Dit is dalk die beste om dan daar te begin."

"Nadat jy mis."

Ek het sy hand op my rug gevoel toe ons die regte gedeelte nader.

Ek het my oë vlugtig toegemaak en wou kreun.

Dit het lank gelyk of ek sy aanraking gevoel het, al was dit eers vroeg vanoggend.

Deur my hemp kon ek voel hoe die hitte van sy vel myne brand.

"Ek kan jou help kyk as jy vir my 'n wenk kan gee. 'n Woord dalk?"

"Seks. Ek dink dit het iets met seks te doen gehad."

Sy stem was 'n lae fluistering teen my oor.

Toe druk hy homself teen my, stoot my na 'n klein lessenaar aan die einde van die gang.

Toe ek nie verder kon nie, het hy die druk op my laerug verhoog en my vorentoe laat kantel.

"Maar my belangstelling in lees is nou besig om te kwyn. Ek sal dit eerder ervaar."

Ek het gesnak en die rand van die lessenaar vasgegryp om myself te stabiliseer.

My borste klap teen die koue, harde top.

Ek het gekreun terwyl ek sy opwinding deur sy broek en my romp voel terwyl hy homself stadig van agter teen my vryf.

Ek het gesluk terwyl sy hand verder suid gly en my gat streel.

Kleef aan die romp.

Trek my broekie af tot op my knieë.

Toe sy vingers teen my poesie borsel, tussen my geswelde lippe indruk, het ek hard gekerm.

" Ssjh "

Hy het aangehou om my so stadig te streel dit was mal.

Sy ander hand het met my hare gespeel en die bolla wat hy vanoggend noukeurig daarop geplaas het, losgemaak.

Ek het my onderlip gebyt en my wang op die lessenaar laat rus.

Ek tjank weer toe sy hand tussen my bene verdwyn.

"Wees 'n goeie meisie. Moenie beweeg nie."

Ek het gehoor hoe hy sy gordel losmaak en sy broek lostrek.

Ek het sy sagte sug gehoor toe hy waarskynlik sy piel uit die grense van sy boksers bevry het.

Ek het my eie hart wild in my ore hoor klop.

"Onthou nou, juffrou, ons is in 'n biblioteek. Ek het gehoor daar is streng reëls oor die maak van harde geluide. En die straf vir die oortreding van daardie reëls ... wel, ek is seker jy is bewus van wat die pligte van wees 'n bibliotekaris is en dit alles." ".

Sy vingers streel weer oor my poes.

Maar iets was nie reg nie.

Hy het ook my heupe met albei hande gegryp.

Ek het gekreun van blydskap toe ek besef dis sy piel wat my daar vryf.

'n Harde kraak het opgeklink toe dit my kaal onderkant tref, wat my laat spring en skree.

"Ek het jou 'n vraag gevra, juffrou."

"Ek-ek is jammer, meneer."

"Is jy opgewonde?"

"Ja meneer."

Hy het vorentoe gedruk, sy piel penetreer so effens soos hy sy heupe heen en weer wieg.

Ek sprei my bene so wyd as wat hulle kan met my broekie wat steeds my knieë saam druk.

Sodra hy heeltemal binne-in my was, het hy 'n hand na my laerug beweeg.

Hy het my los hare om sy ander hand gedraai en getrek.

Ek het geskree en na die koue grys muur gekyk.

Hy het dit so groot in my gehad, my wyd gestrek.

Hy hyg terwyl hy rustig in- en uitgaan.

Hy het weer my boude geklap en my toe weer oor die lessenaar gebuig.

"Dit is 'n goeie meisie. Lekker styf. Baie nat. Net soos jou heer van hulle hou."

Ek het gekreun, my liggaam het hom gesmeek om my tot klimaks te bring.

Weereens het ek teen hom geskud en sy ritme gevolg.

Dit het my nog 'n treffer besorg.

"Moenie roer nie, Kleintjie. Ek fok met jou. Jy sal later jou kans kry. En bly stil."

Ek het probeer om nie geraas te maak nie.

Ek het baie hard probeer.

Ek het geweet daar is ander mense in die biblioteek, maar niemand het gewoonlik afgegaan na die kelder nie.

Maar van al die dae vir iemand om hier rond te dwaal, is vandag dalk die dag.

En tog het ek ook gewens dat iemand ons fokken sou kry sodat ek daardie stukkie ekshibisionisme wat iewers in my weggesteek is, kon omhels.

Toe hy egter induik en uittrek, aan my hare trek, kon ek nie anders as om te kreun en te snak nie.

Skree toe hy besluit om my te slaan.

Hy het my vir 'n paar lang minute genaai.

Dit het so goed gevoel.

Teen hierdie hoek kon sy egter nie orgasme bereik nie.

En hy het dit geweet.

Hy laat los my rug, hou steeds my hare vas en slaan my boude. Sterk.

Sy stem sis toe hy vra:

"Hou jy daarvan, skat?"

Ek het gegrom.

"Ja meneer! Ek hou baie daarvan"

"Ja, wat, kleintjie?"

Dit het my weer getref.

Die skerp geluide en kort pyn soos sy hand teen my kaal vel verbind het, kompeteer met my gille.

Veral toe hy aanhou om sy groot piel in my poes te druk.

Ek kon nie dink nie.

Ek kon nie praat nie.

"Ek wag."

Nog 'n slag.

"As ek liefhet!" Ek het gesnak.

"Goeie meisie."

Sy vrye hand het onder my ingeskuif en my klit gestreel.

Ek het geskree terwyl my liggaam bewe.

Maar dit was nie genoeg tyd nie.

Sy hand het verdwyn, en hy het skielik heeltemal onttrek.

"Staan op, Kleintjie, en draai om."

My bene was gevoelloos toe ek gehoorsaam het.

Ek het vir 'n oomblik my boude teen die lessenaar geleun, maar het dadelik weer regop gestaan en grimas.

Ek het nie gedink ek sal vir 'n paar uur kan sit nie.

"Trek jou klere uit."

Ek het my mond oopgemaak, maar toegemaak toe ek sien hoe hy sy kop na onder kantel en deur die rand van sy sonbril na my kyk.

Ek het my romp oopgemaak en dit afgeskuif, terwyl ek in die proses my broekie afgetrek het.

Ek het my bloes oopgeknoop, dit uitgetrek en my bra by die groeiende hoop op die vloer gevoeg.

Hy het na my gekyk met 'n glimlag op sy lippe, sy tong het uitgesteek elke keer as hy meer van my vel openbaar.

Toe maak hy sy das los en los dit.

Hy draai sy vinger in die lug.

Ek het nog een keer omgedraai.

Stilweg vat hy my hande, trek dit agter my rug en bind dit met sy das vas.

Toe druk hy my skouer en ek kyk weer na hom.

"Leun terug."

Ek het my onderlip gebyt, maar gehoorsaam.

My boude was nog baie seer, veral met die rand van die lessenaar wat in my gekneusde spiere ingegrawe het.

En nou met my hande ook agter my rug vasgebind, kon ek dit nie gebruik om my lyf te ondersteun nie.

"Sprei jou bene. Goeie meisie."

Hy het sy linkerhand op my regterskouer laat rus om my te balanseer voordat hy my poes met sy ander hand bedek het.

Ek het my oë toegemaak terwyl twee van sy vingers tussen my geswelde lippe gedruk het en my klit vryf.

Ek het my kop laat terugsak en van hom weggestap na die muur agter my toe.

Hy het my bene verder uitmekaar gedwing en my poes opgelig sodat sy vingers dit dieper kon streel.

Ek het alles van die pyn vergeet.

En hoe kwesbaar ek was as iemand ons vang.

Al waaraan ek kon dink, was om daardie krans te bereik en daarna halsoorkop te val.

Hy het geklim en geklim en geklim...gekerm tydens my knik.

"O, kleintjie. Wat het ek vir jou gesê van stil wees?"

Ek het gesnak toe hy sy hand verwyder en my op my voete getrek het.

"Staan op jou knieë."

Ek het gekerm terwyl hy my op my knieë gehelp het.

My hande het op my seer boude gerus.

Die rande van sy das het die agterkant van my bobene geborsel.

Ek kon steeds die steek van sy aanraking voel, die warmte van my vel waar sy hande was.

My poes het geknyp van die leegte wat nou daar was.

"Maak die mond oop."

Ek het my kop agteroor geleun en my kakebeen laat sak.

"Goeie meisie."

Hy het vir 'n oomblik met die agterkant van sy vingers oor my wang gestreel.

Toe sit hy sy duim in my mond, klam dit met my tong en vryf met sy vinger oor my onderlip.

"Jy is so fokken oulik, my dame. My girl."

Daarmee lig hy sy haan en vervang sy duim met die kop van sy haan.

"Lek dit."

Ek het my tong uitgesteek en die punt met my speeksel bedek.

Hy vryf sy haan heen en weer en om my lippe.

En toe kreun ek.

"Nou, wat gaan ek maak met daardie geluide wat jy maak?"

Hy het my ken omvou, saggies getrek om my wyer oop te maak, en dan sy piel in my mond ingeskuif totdat dit op my tong rus.

"Ja, dit kan dalk werk om jou te kry om stil te bly."

Ek het geknip, maar my oë op sy gesig gehou.

In sy glimlag kon ek my weerkaatsing in sy bril sien en ek kreun weer.

Hy het sy haan dieper in my mond gedruk, wat my laat gag het.

Hy het stadig teruggetrek en toe weer ingegaan.

Keer en weer het hy my mond gevul, sy stywe vel vryf teen my nat lippe.

Hy het heeltemal uitgetrek en sy piel 'n paar keer teen my lippe geslaan.

"Haal diep asem."

precum nou op my tong geproe , en toe maak ek dit weer oop.

"Wat 'n goeie meisie."

Hy het voortgegaan om sy piel weer in my mond in te skuif, sy hande aan weerskante van my kop.

Toe druk hy sy heupe heen en weer, naai my mond asof hy my poes het.

Hy het vir etlike lang minute aangehou, my hare nou met een hand gegryp en my kop teruggehou.

Van tyd tot tyd het hy vir my gesê om net die kroon te suig of te lek.

En hy het soms gestop, sy piel so diep begrawe dat ek dit in my keel kon voel en ek kon sy balle teen my ken voel, die pittige reuk van sy manlikheid wat my neus binnedring.

Hy het afgekom en my tepel geknyp of my bors verskeie kere gestreel, maar hy het nooit te lank getalm nie en het altyd my mond met sy piel gevul op die diepte en spoed wat ek verlang het.

Ek het getjank en gekerm, maar die geluide wat ek gemaak het was nou gedemp.

En heeltyd het hy woorde van bemoediging gefluister.

"Dis jou heer se goeie meisie. God, dit voel so goed om jou mond om my haan te hê. Ja, baba. So. Mmmm. Hou so aan."

Met al hierdie beweging het my bril by my neus afgegly.

"Kyk vir my, Kleintjie. Ag skat, jy is so fokken warm soos hierdie. My piel in jou mond, jou oë op my. Jy is so hulpeloos, op my genade. En daardie bril. O, shit!"

Hy het my nog 'n paar keer genaai, en toe voel ek hoe sy warm sperma die agterkant van my keel tref.

Hy het my kop stil gehou, sy haan druk teen my tong en die dak van my mond.

Toe hy klaar was, het hy gesê:

"Lek dit. Los dit skoon, skat."

Ek het die beste gedoen wat ek kon sonder om my hande te gebruik.

"Dit is my goeie meisie."

Hy het my hare gestreel totdat hy tevrede was.

Hy het my gehelp opstaan en my op die lessenaar laat sit.

Voordat ek kon reageer, het hy 'n hand in my poes gesteek en my mond met syne toegemaak en my verbasingskreet stil.

Sy ander hand het een van my borste bedek en uiteindelik oor my seer tepel onder sy palm gestreel.

"Cum for your Lord, baby," het hy gefluister terwyl hy my laat asemhaal.

Toe soen hy my weer, druk sy tong teen myne op dieselfde tyd wat sy vingers met my klit speel.

Hierdie keer het ek daardie krans uitgeklim en uiteindelik geval, my lyf bewe daaronder.

Hy het my gille ingesluk, sy lyf het myne bedek, my teen die lessenaar en die muur gedruk totdat ek stil onder hom gelê het.

Ek knip my oë toe hy terugstap, sy piel in sy sak steek en sy klere glad maak.

Hy het my weer gehelp staan en my polse losgemaak.

"Trek aan, kleintjie. Maak jou hare reg."

Ek het verdwaas my klere van die vloer af opgetel.

Ek het vinnig my hare in 'n bolla getrek en my bril reggetrek.

Toe ek weer aangetrek was, het hy my wang omhels en vir my geglimlag.

"Nou, oor daardie boek waarna ek gesoek het ..."

Ek het my keel skoongemaak en 'n ewekansige boek van die rak af gehaal.

"Ek dink dit is die een wat jy wou hê, meneer. Dit was die hele tyd hier in sig."

"Hoe reg is jy, juffrou. Ek is so bly daar is 'n bekwame bibliotekaresse wanneer jy een nodig het."

"Enige tyd wat jy wil, meneer," het ek geglimlag en die rakke verlaat. "Op enige tyd wat jy wil, is ek hier om jou te dien in alles wat jy nodig het."

SEKSUELE BEGEERTE

25

My liefie, ek wil hê jy moet voor jou rekenaar sit en 'n beeld, 'n visuele stuk, soos 'n poes wys.

Nie die gesig en lyf nie, net die knieë gebuig en bene gesprei.

Met lang en pragtige elegante vingers wat die vaginale lippe effens skei.

Stel jou voor ek stap in en sit ten volle geklee by hierdie lessenaar.

hoëhak-, enkel-omhulde, spitstoon swart leerskoene aan weerskante van jou.

Jy leun terug en glimlag en ek leun ook glimlaggend terug.

Ek lig my dun, syagtige swart rok en jy sien dat my broekie weg is en die glans van my nattigheid op my spleet is reeds merkbaar.

Jy sal die punt van 'n swart korset sien waaraan die sykouse ook geheg is.

Ek lig my rok met albei hande na bo, trek dit oor my kop en verklap vir jou die leerkorset wat net 'n paar sentimeter breed is.

My tepels is regop en hoog terwyl hulle van bo af uitsteek.

Jy leun in, maar ek is hier om met jou te speel en ek gebruik my puntskoene om jou te hou waar jy is.

Ek sien 'n merkbaar groeiende haan wat uit sy broek moet kom en ek vra jou om dit oop te knoop.

Ek trek my tong langs my lippe langs hulle, glimlaggend, terwyl jy in jou broek afgly.

Die kop van jou haan steek uit jou boksers en dit het ook 'n bietjie van 'n veeleisende glans.

Dit is so vir 'n goeie rede.

Hierdie aanskoue van jou regop haan sit my skielik aan en ek vra jou om my te lek.

Jy leun vorentoe en doen dit, en skei my lippe effens om my klit te vind.

Jy neem dit in jou mond, so dit steek 'n bietjie meer uit.

Ek het net daardie aanraking van jou tong nodig gehad om my aan die gang te kry.

Terwyl ek gemaklik raak, vra ek jou om jou haan in jou ander hand te neem en liggies daaroor te streel.

Jy doen dit, maar ek kan jou sê dat jy meer nodig het, dit is nie genoeg nie.

Ek dwing jou om op my knieë te gaan om jou ten volle in my mond in te neem, afwisselend lek van die basis na bo, van bo na onder en terug na die balle, en lek die binnekant van waar die kruis is.

Jy hou van wat jy sien as ek kniel, my gat is so dun soos 'n paar duim breed en my anus is styf en verwelkomend.

Ek staan weer op omdat ek te naby aan klimaks kom.

Ek staan jou op en jou broek sak verby jou knieë.

Jy het nog jou skoene aan, jou das nog vasgemaak, maar jou hemp heeltemal oopgeknoop.

Ek hou daarvan om soveel as moontlik van jou vel te moet sien.

Noudat jy staan vra ek jou om jou rug na my toe te draai .

Mag jy jou bene genoeg oopmaak dat ek agter jou kan kniel.

My tong lek jou bene, lek jou balle en selfs die kraak van jou gat, lek en draai my tong om jou anus.

Ek haal 'n vibrator uit my sak en vra of ek dit op jou kan gebruik, maar voor jy antwoord sit ek dit teen jou vel.

Met my mond het ek speeksel oor jou gat gelos sodat alles gesmeer is.

Ek sit dit op lae spoed en hardloop dit oor jou balle en tussen jou balle en jou gat gat.

My ander hand gaan tussen jou bene en gryp jou haan, streel en waai dit.

Die vibrator voel goed in jou gat.

Ek sit dit langs jou anus en skuif een van die twee punte, die dun een, wat ook my gunsteling is.

Dit gly in en ek sit die ander punt meer na die middel, agter jou balle, weer, kyk hoe die sensasie jou na 'n ander vlak neem.

Jou hande gryp die lessenaar vas en jou oë is toe en gee toe vir wat ek ook al wil doen.

Maar ek bly so, streel 'n bietjie terwyl ek laat die gegons jou laat wonder wat volgende gaan gebeur.

Ek stop skielik en sê vir jou om om te draai.

Jy doen dit en jou gesig bloos.

Jy het dit baie geniet en nader gekom aan die toestand wat jy wil hê.

Maar ek verkies om stadiger te ry om jou terug te neem na my mond.

Ek is so warm soos die hel en ek verloor 'n bietjie beheer.

So ek laat jou weer sit en ek kniel voor jou en vra jou om jouself te streel, maar stadig.

"Streel jouself my lief."

Terwyl ek voor jou kniel en terug op my hakke leun.

Ek skakel die vibrator aan en vryf dit aan die buitekant van my vagina, oor die klitoris.

Dit neem my minder as 'n sekonde om orgasme te bereik.

Ek het my bene en knieë gesprei en ek leun my kop agteroor, versprei my poes met my hande wat wil hê jy moet my orgasmespiere sien beweeg.

Ek hou die vibrator vas totdat ek klaar is en my eie sappe mors uit.

Ek kyk na jou en jy masturbeer, verhoog die pas.

Jou pas het versnel en dit is so opwindend dat ek op my knieë is en jou smeek om oor my hele gesig en bors te kom.

En ja, beslis, dit is hoe jy dit doen.

Ek sien hoe die strale van jou melk na my toe uitkom.

Maar uiteindelik spuit jy na die rekenaarskerm en op die sleutelbord .

Ons groet tot 'n ander keer en jy skakel die webcam af.

WELKOM HUMIDITEIT

31

Glenn kom huis toe na 'n harde dag by die werk en los sy aktetas en jas by die deur.

Hy vind die huis buitengewoon stil, maar steur hom nie veel daaraan nie en gaan na die slaapkamer.

Terwyl hy met die trappe opstap, ruik hy die wonderlike geur van sy geliefde vrou Susan se parfuum.

Toe hy die landing bereik, hoor hy die flou klanke van musiek wat flou deur die deur na sy kamer ontsnap.

Om seker te maak dat hy geen geraas maak nie, maak hy die deur stadig oop.

"Susan?" Sê hy in 'n taamlik diep manstem.

Soos die deur al hoe wyer oopgaan, laat die gesig van sy naakte liggaam wat op die bed lê hom ril.

"Ja liefie." sê sy in 'n bedompige stem.

Hy begin na die bed toe stap, maar sy sê vir hom om te stop.

Verwonderd doen hy soos hy gesê word, wetende dat sy iets op die hart het.

Sy klim uit die bed.

Sy liggaam beweeg met groot grasie.

Hy kan nie anders as om gefikseer te wees op haar heerlike bors wat effens beweeg soos sy na hom toe stap nie.

Hy voel hoe sy piel hard word soos sy gedagtes deurgaan

"Sy is so mooi".

Sy steek haar hande uit en maak sy gordel los.

Ook sy broek, hy knoop dit los en laat sak dit.

Dit laat hom bewe van opgewondenheid.

Aangesien sy hom so opgewonde sien, glimlag sy en trek sy boksers af met 'n honger behoefte om sy harde lid te suig.

Sy plaas haar hande saggies op sy nou regop piel en streel dit stadig.

Hy steek dan sy tong uit en lek die kop voordat hy dit in sy mond plaas.

Hy kreun as sy sy harde piel begin suig.

Beweeg dit vinniger en vinniger in en uit sy mond.

Dan keer hy stadig terug na 'n lae pas en draai sy tong om die kop terwyl hy dit met sy hand streel.

Hy kreun terwyl haar hand die pienk kop van sy haan streel.

Dan lek sy sy balle tot op die punt van sy piel.

Sy haal dit uit haar mond en staan op om hom passievol te soen terwyl sy sy hemp uittrek.

Hy vou sy warm arms om haar, trek haar nader aan hom, voel hoe haar borste teen sy bors gedruk word.

Terwyl hulle soen, loop sy hande oor haar lyf, voel haar sagte vel onder sy vingerpunte.

Sy hande beweeg oor haar gat en hy druk dit hard.

Hy lig haar aan die gat wat haar bene om sy middel vou en beweeg na die bed toe.

Hy lê haar saggies neer en beweeg bo-op haar.

Hy soen haar diep en gaan af na haar nek en bors.

Hy lek stadig om haar regterbors en kom nader aan haar nou regop tepel.

Hy plaas haar tepel in sy mond en suig daaraan, byt dit saggies.

Hy beweeg na die ander bors, reik af en begin haar klit vryf, wat veroorsaak dat sy haar asemhaling verhoog en liggies begin kreun.

Hy vryf vinniger terwyl hy haar maag soen en fokus op haar naeltjie.

Sy voel hoe sy baie nat word en haar asemhaling versnel.

Hy soen haar oulike heuwel en vervang dan sy vingers met sy tong.

Saggies suig en byt haar klit.

Dit stuur haar op 'n golf van plesier, kreun.

Dan steek sy 'n vinger in wat verby haar opgeswelde poeslippe loop en in daardie geheime, glibberige kol in.

Hy gly sy vinger stadig in en uit en steek dan vinnig nog 'n vinger in terwyl sy kreun.

Hy gaan voort om daarop te konsentreer om haar klit te suig terwyl sy vingers die spesiale plek in haar kosbaar tref wat hy weet maak haar absoluut mal.

Sy kreun hard en voel 'n tintelende sensasie vanaf haar regterbeen op en om haar lyf en uit na haar linkerbeen.

"O skattie!" sy kreun, "Dit voel so goed!"

Glenn weet dat as hy so aanhou, sy beslis oor die rand sal gaan, so hy vertraag en soen haar pad terug om haar mond te verslind.

Hulle deel 'n passievolle soen.

Hulle tonge dans saam.

Hy verwyder sy vingers van haar nou deurweekte poes en begin haar regterbors masseer.

Haar gekerm onderdruk deur die soene.

Die soen breek en sy fluister in sy oor:

"Ek het jou binne-in my nodig, skat."

Die melding van sy harde piel wat in sy geliefde se nat poesie gly, laat hom knor van wellus en hy beweeg bo-op haar.

Hy sprei haar bene met sy heupe en posisioneer homself om haar binne te gaan.

Terwyl hy daarmee speel, steek hy net die kop in en trek dan stadig terug.

"Gee dit asseblief alles vir my." Sy smeek hom, maar hy seëvier en hou tred met die tempo van die spel, plaas net die punt in en trek dit terug wanneer sy begin kerm.

Uiteindelik, op 'n onverwagte punt, dryf hy sy harde lid al die pad om haar te laat skree.

Hy begin met lang, harde hale stadig in en uit haar stoot.

Hy begin harder en vinniger streel en trek aan haar boude vir dieper penetrasie.

"O God, jy voel so goed binne my. Ek is so lief vir jou as jy my poes naai."

Hierop grom hy en onttrek hom skielik.

Hy beduie vir haar om om te draai en sy doen dit vinnig met 'n huppel van opgewondenheid.

Hy weet dat om haar van agter af te betree een van haar gunsteling posisies is en hy gee dit ook graag vir haar so.

Hy steek sy haan in haar en begin hard en vinnig stoot.

Sy kreun hard en vertel hom harder.

Hy is mal daaroor om sy lieflike vrou te naai, so hy begin rowwer met haar raak.

Sy lyf en balle klap teen haar nou rooi gat.

Sy begin terugdruk in sy stote, wat sy haan nog dieper na binne laat gaan.

Hulle kreun albei van plesier.

"O, ek gaan kom, skat. Is jy gereed vir my cum?"

"O ja skat, ek gaan ook kom."

Nog 'n paar houe en Susan gil van plesier en haar liggaam begin bewe terwyl haar orgasme haar oorweldig.

Glenn voel hoe die mure van haar poes sy piel begin melk en hy kan dit nie meer vat nie.

Grom haar naam, hy skiet sy warm sperm diep in haar nou romerige en nat poes.

Susan, uitgeput van sy ontploffing, rus op haar elmboë terwyl sy voel hoe hy nog 'n paar spuite kom in haar inskiet.

Tevrede, en probeer om nie bo-op haar te val nie, onttrek hy stadig van haar poesie en gryp haar aan die middel, trek haar saam met hom op die bed.

Hulle kyk in mekaar se oë, albei vertroebel deur die kragtige orgasmes wat net sekondes gelede deur hul liggame gegaan het.

'n Bevrediging van wedersydse kennis talm in die vertrek terwyl die twee in mekaar se arms aan die slaap raak.

GEKLEEK VIR DIE GELEENTHEID

Die stilte van die nag omring haar, druk op haar met sy kalmte, probeer om haar angs te kalmeer.

Dit kon haar egter nie kalmeer nie.

Ongebreidelde gevoelens waaraan sy nie gewoond was nie, en nog nooit vantevore ervaar het nie , het deur haar liggaam gespoel en haar senuweeagtig gemaak.

Haar hakke klik saggies langs die geplaveide paadjie terwyl sy na die lug opkyk.

Hoekom gaan jy vanaand soontoe?

Hoekom het sy so aangetrek?

Sy kon die krag voel wat sy blik oor haar het.

Sy sug en laat haar gedagtes ophou dink aan die gebeure wat vanaand kan gebeur.

***

Dit het gevoel asof elke oog op haar was toe sy die winkel instap.

Haar stiletto's klik teen die hardehoutvloer toe sy die dansvloer oorsteek en die kroeg nader.

Die romp van haar rooi en swart uitrusting het met elke tree van kant tot kant geswaai, die rooi streep vloei teen haar knie terwyl die swart 'n paar duim bo dit gerus het.

Die bloes hang los van haar skouers af, langs haar borste af, wip net genoeg om aandag te trek met elke tree wat sy gee en toon 'n ruim hoeveelheid vel.

En sonder 'n bra.

Sy het geweet hoe sy in hierdie uitrusting lyk.

Sy het soos 'n slet gelyk.

Sy het die voorkoms voltooi met 'n swart kant choker om haar nek en net 'n tikkie rooi lipstiffie.

Hy het tussen 'n man en 'n vrou gesit en vir die kelner geglimlag.

"Hallo James."

"Samy. Dis goed om jou weer te sien." Hy laat sy oë stadig oor haar gesig en borste gly. "Baie goed, om die waarheid te sê. En vir wie is die geleentheid?"

Sy skud haar kop en glimlag, wat 'n string krulle oor haar oor laat val.

"Daar is geen geleentheid nie. Ek was net lus om so aan te trek."

Hy reik oor die kroeg en steek die krul agter haar oor in.

Sy vingers borsel die kant van haar wang en sy het amper vergeet hoe om asem te haal.

"Jy moet meer gereeld so aantrek."

"Dalk sal ek."

"Ek gaan nou vanaand om elfuur van die werk af. Wil jy daarna dans?"

Sy knik stadig, nie in staat om haar blik van syne af te skeur nie.

Met baie stadige presisie leun hy oor die kroeg en bring sy lippe na hare toe, en verdiep die soen net genoeg om haar meer te laat begeer voordat hy wegtrek.

"Ongeveer twintig minute."

***

Daardie twintig minute het nog nooit in Samy se lewe langer gelyk nie.

Sy het heeltyd alles om haar dopgehou bewus van elke beweging wat hy gemaak het sonder om eers na hom te kyk.

Dit was asof haar sintuie ingestel was op haar lyf, maar sy het steeds gespring toe hy aan haar op die agterkant van die skouer geraak het.

Hy het die kraag van sy swart hemp oopgeknoop en het vir haar geglimlag en sy hand uitgesteek.

"Ek dink jy skuld my 'n dans."

Toe sy haar hand in syne plaas, was dit asof 'n klein stroompie elektrisiteit deur haar lyf gegaan het.

Hy het geglimlag toe hy haar na 'n hoek van die dansvloer gelei het en haar dan naby sy lyf getrek soos die liedjie verander.

Dit was stadig en verleidelik, en dit het gelyk of sy klop by haar hart pas toe sy teen hom druk.

En net so was sy terdeë bewus van die harde kontoere wat teen haar sagte lyf golwend.

Sy gly haar arms om hom, druk haar hande teen sy sagte agterste rondings terwyl hulle heen en weer swaai.

Hy leun af en druk sy lippe teen hare, skei hulle saggies en verlei haar met sy tong.

Sy hand gly laer op haar rug, rus op haar heup, gly laag genoeg om een wang van haar gat te streel terwyl hy haar onderlyf teen syne trek.

Sy hyg as sy voel hoe hard hy regtig teen haar druk en sy kon sweer sy het hom hoor kreun.

Maar net soos hy dit gedoen het, het die ander kelner na hom geroep en hy het gesug en sy kop agteroor gehang.

"Samy...ek sal dadelik terug wees. Ek sweer ek sal. Moet nêrens heen gaan nie."

Sy knik ietwat dwaas terwyl sy van die dansvloer af wegstap en in 'n afgesonderde hokkie in.

Hy kyk hoe James terugstap by die kroeg in en weer oor hom leun en met Josef praat.

Joseph was die plaasvervanger-kroegman vir die nag.

Hy het altyd oorgeneem wanneer James afgetree het.

Toe hy 'n lang, beenbeen blondekop sien aansluit by hulle, het hy iets besef.

Sy was nie daardie soort meisie nie.

Ek het geen idee gehad wat ek doen nie.

James was die soort man wat altyd enige meisie beskikbaar gehad het, enige lang, blonde, super sexy meisie.

En sy was kort, donker en Latina.

Sy het weggehardloop.

So vinnig en stil as wat hy kon.

Hy stap na die deur toe en toe hy oor sy skouer kyk, sien hy hoe die blondine naby James leun en haar vingers teen sy arm trek.

Sy sug en skud haar kop terwyl sy voortgaan op pad.

Dit sal nie goed wees om stil te hou en daaroor na te dink nie.

Haar voete het van haar hakke af begin seer word, so sy het dit uitgetrek en weggestap van die keisteenpaadjie, en haar voete laat lei na die rand van die rivier wat sy so goed geken het.

Hy het sy voete in die rivieroewer gesteek en net lank na die water gekyk.

"Wat het ek gedink?" Sy prewel uiteindelik.

"Dit is wat ek graag wil weet."

Sy het amper geskree toe sy omdraai.

James het agter haar gestaan, arms kwaai gekruis en frons.

Maar die frons is stadig vervang deur 'n kyk van verwarring en kommer.

"Samy, jy huil. Wat is fout?"

Sy kyk weg van hom af en steek die rivier oor na die ander grasbank.

"Ek moes dit nie gedoen het nie. Ek moes nie vanaand so geklee na die kroeg gekom het nie. Ek moes nie gedink het ek het 'n kans nie."

"Samy, waarvan de hel praat jy?"

Hy het aangestap en sy hand op haar skouer laat sak.

Sy het gebewe, sy was koud.

Hy trek haastig sy jas uit en drapeer dit oor haar skouers, beweeg agter haar om oor haar arms te vryf.

"Jy het pragtig daar binne gelyk. Ek dink ek het vergeet hoe ek moes asemhaal toe jy inkom."

"Ek het die vroue gesien met wie jy gewoonlik is. Ek is nie soos hulle nie, James. Ek is nie elegant of super sexy nie. Ek is nie blond, of lank, of langbeen nie, of het 'n perfekte lyf soos hulle. Ek het geen oplossing nie . " daarteen. Ek het nie eers geweet wat ek doen nie." Sy eindig fluisterend.

"Regtig? Jy kon my daarbinne geflous het."

Hy draai haar na hom toe en leun vorentoe, druk sy lippe teen haar nek.

Sy sidder.

"Jou lyf het perfek gevoel toe jy my op daardie dansvloer teen jou gedruk het."

Hy steek op en omvou haar bors en trek die buitelyne van haar tepel deur haar bloes.

Dit het haar 'n bietjie laat bewe.

"Dit het gelyk of hulle geweet het wat hulle wou doen toe ons saam gesoen en gedruk het."

Hy het oor haar geleun en haar afgedwing totdat sy op die vloer gelê het.

"Kom ek wys jou, Samy. Laat ek jou wys dat jy meer is as wat jy dink."

Sy lippe gly teen hare voordat sy by haar nek af en oor die dun bloes wat haar borste bedek het, gly.

Haar asem het in haar keel vasgetrek toe sy lippe eers een tepel en toe die ander gevind het, terwyl sy stadig aan hulle suig terwyl sy in sy aanraking boog.

Sy vingers vind die soom van haar hemp behendig en begin dit stadig optrek, terwyl sy haar vel terg soos dit homself openbaar.

Hy lig dit verby haar borste en hou dit net bokant hulle terwyl hy haar regterbors soen en haar vel proe.

Sy kreun toe James uiteindelik sy lippe na die kruin van haar bors bring, die tepel tussen sy tande neem en saggies daaraan ruk voordat sy daaraan suig.

Sy kreun nog harder toe sy hand haar ander bors begin knie, terwyl sy sy palm herhaaldelik oor haar tepel rol.

"Jy sien?" Hy haal asem teen haar vel. "Jy is die perfekte vrou".

haar op pad ondertoe begin soen , met sy tong sirkels om haar naeltjie getrek.

James het vir haar geglimlag toe hy na haar romp reik en in plaas daarvan om dit af te trek, het hy dit opgedruk.

Die voorkant het agteroor gevou en die volgende oomblik plaas hy sagte, speelse soentjies langs haar warm heuwel bo haar broekie.

Sy was reeds nat.

Sy kan hom deur haar broekie voel terwyl hy sy neus teen haar vryf.

Sy bewe onder hom en hy streel saggies oor haar vingers op en af terwyl hy sy tande gebruik om haar broekie af te gly.

Hy soen haar weer, met geen versperring tussen sy lippe en haar poes nie.

Hy het sy tong langs haar spleet begin gly en sy kreun, haar heupe het wild geboë sodat hy sy tong diep in haar ingedruk het en dit oor haar klit getrek het.

Samy kreun en krom teen sy tong, plesier stroom deur haar terwyl hy sy tande teen haar klit vreet en 'n vinger binne haar gly.

"Ek het gelieg," haal hy asem teen haar klit. "Ek het nie net vergeet hoe om asem te haal nie."

James suig saggies aan haar klit, sy vinger pomp in en uit haar styfheid.

"Ek het amper in my broek gekom en net vroeër na jou gekyk."

Haar vingers gryp sy hare vas, en hy glimlag teen haar poesie terwyl hy 'n tweede vinger binne haar gly, sy tong herhaaldelik oor haar klit hardloop totdat haar lyf onder sy mond bewe.

Sy vingers streel haar, in en uit, opgewonde haar, lok haar liggaam om te reageer totdat sy teen sy hand en tong wieg.

"James," het haar stem amper wankel terwyl dit in sy hand kronkel. "Moet asseblief nie nou ophou nie!"

Sy woorde het in 'n sagte, wetende toon uitgekom, maar vinnig in volume toegeneem terwyl sy van plesier geskree het.

Hy het saggies aan haar klit gebyt en het dit nou hard gesuig, sy vingers druk hard in haar en neem haar klimaks.

Hy het haar sap gretig opgesop en toe die bewing van haar lyf vertraag,

Toe hy klaar is, het hy bo haar beweeg.

Hy het geglimlag en sy voorkop teen hare laat rus en sy lyf teen hare laat borsel terwyl hy in haar oë kyk.

"Ek het jou gesê, jy is net so 'n vrou soos hulle, indien nie meer nie."

Sy oë flits met iets wat dalk twyfel was toe hy in James se oë kyk, maar toe laat hy sy vingers oor sy bors en af na die harde bult in sy broek hardloop.

"Is dit hoekom jy dit so moeilik het?

Omdat ek 'n vrou soos hulle is?"

Haar vingers borsel op en af teen sy piel, en hy kon nie help om die kreun wat verby sy lippe glip nie.

Hy het egter geen kans gehad om te reageer nie aangesien haar lippe syne gevind het en enige gedagtes uit sy gedagtes uitgevee is.

Haar vingers gly na sy bors en sy begin behendig sy hemp oopknoop.

Sy trek dit vinnig uit sy broek en stoot hom eenkant toe terwyl sy sy hemp heeltemal uittrek.

Die knoppie op sy broek ruk oop en die ritssluiter het amper vanself gegly.

Sy trek sy broek en boksers genoeg af om sy haan te bevry en vou haar klein handjie daarom, streel dit stadig sodat hy kreun en homself gretig teen haar hand druk.

Hy kreun van ergernis en staan op, trek sy broek en boksers in een beweging uit en draai na haar toe.

Sy was nou op haar knieë en glimlag vir hom terwyl sy weer haar hand om hom vou.

Hy leun oor haar, gee haar stadige strelings, maak sy oë toe.

Die volgende oomblik het hy hulle egter uitgesprei terwyl haar lippe om sy piel gevou het en hulle stadig op en af oor sy harde lid beweeg.

Hy sit nou sy hande op haar agterkop en begin haar stadig in en uit haar mond stoot, kreunend terwyl sy hom met elke beweging suig.

Dit het nie lank geneem vir die sagte hale om vinnig en kort te word nie, Samy suig hom harder hoe vinniger hy sy kop beweeg het.

Haar hand streel sy balle, rol dit heen en weer terwyl haar mond om hom styf trek.

Toe sy met haar tong op die kop van sy haan speel, het hy in haar mond ontplof.

Sy sluk vinnig toe hy sy vrag in haar instuur, en druk haar mond en keel teen sy haan wat hom nog harder en met meer spuite laat kom het, totdat hy homself uiteindelik uitgeput het.

Sy gly die haan stadig uit haar mond en laat haar blik op die vloer val.

Hy het op sy knieë voor haar neergeval en sy hand teen haar wang geplaas.

Hulle was net 'n tree weg toe James se vinger die kant van haar gesig naspeur, sy vinger onder haar ken insteek en haar oë na syne lig.

"Ons is nog nie klaar nie."

Sy stem was so laag dat dit rillings oor haar ruggraat laat afgaan het terwyl sy verwonderd na hom gestaar het.

Hy leun in en druk sy lippe teen haar, en maak die soen vinnig verdiep.

Terwyl sy tong verby haar lippe gly, het 'n hand agter haar gegly en haar teen hom getrek sodat hulle vlees tot vlees was.

Haar tepels het salig teen sy bors gedruk, en sy nuwe ereksie druk hard teen sy onderbuik.

Sy beweeg en vryf haar lyf stadig langs hom, wat hom laat kreun soos hul soen koorsig word.

Hy het haar terug gelê en haar romp op haar bene laat gly.

Hy het 'n lang oomblik na haar gekyk voordat hy beweeg het.

Hy leun weer oor haar en plaas 'n ligte soen op haar maag, net bokant haar naeltjie.

Hy glimlag teen haar warm vel en begin opwaarts soen, en keer sy vorige optrede om.

Sy lippe het skaars teen haar borste geterg voordat hy op haar nek gaan sit en haar hartklop streel.

Hy klop tussen haar bene, sy lid druk teen haar nat spleet terwyl sy haar bene om sy middel vou en hy sy arms om haar gly.

In een vinnige beweging het James met haar op sy skoot gesit en, as dit moontlik was, sy piel nog verder in haar ingedruk.

Sy het 'n bietjie gedraai en hy kreun.

Hy soen haar totdat hy net onder haar oor kom en liggies aan haar lob getrek.

"Sê vir my, Samy, wil jy dit hê?"

Sy asem was warm teen haar vel en sy het gebewe.

"Wil jy my groot, harde haan in jou begrawe hê?"

Samy se reaksie klink amper soos 'n kreun toe sy haarself teen hom vryf.

"Ja. Asseblief, James, ek wou hierdie sedert..." maar sy stop vinnig, 'n blos nog op haar wange, en kyk weg.

James het geen idee daarvan gehad nie.

Hy dwing sy blik terug na hare en rus sy ereksie teen haar.

"Maak klaar wat jy gesê het."

Sy kreun en haar naels het liggies in sy vel ingegrawe.

"Ek wou dit hê vandat ek jou ontmoet het."

"Sê my dan hoe graag jy dit wil hê."

Dit was nie 'n eis nie, meer 'n versoek terwyl hy sy vingers oor haar borste gly en haar vlees stadig knie.

Hy kon voel hoe haar hitte teen sy piel uitstraal, en hy het alles gedoen wat hy kon om dit nie net uit te gooi en dit te vat nie.

Haar reaksie het hom verras en al die selfbeheersing wat hy gebruik het, verpletter.

"Ek wil dit nie hê nie. Ek het dit nodig, James."

Haar oë is nou op syne gesluit, en hy kreun saggies teen haar vel terwyl sy haarself stywer druk.

"Ek het dit so nodig, ek het so lank daaroor gedroom. Asseblief. Ek het nodig dat jy my naai."

Ek kon hom dit nie meer ontken nie.

Hy kon daarna nie meer terughou nie.

Hy het haar opgelig totdat die kop van sy haan teen haar opening gedruk is en dit toe vinnig op haar laat val.

Hulle het albei gekreun.

Haar poesie was so styf om sy piel dat toe hy haar op en af op sy lid begin beweeg het, sy harde lengte selfs groter gelyk het om in haar ingesluit.

Sy het gekreun en met haar bene vir hefboom begin bons op sy piel.

Haar borste het vrylik teen hom gehop en haar tepels het vir hom gewink terwyl hy vorentoe leun en begin suig.

Sy kreun en begin vinniger op sy piel bons en haarself oor en oor stoot.

Sy lippe het haar tepels geterg, hulle ingetrek en gesuig, en dan met sy tong oor hulle gedruk en knibbel terwyl sy met haar wip, kreun teen haar vel, en vibrasies deur haar byt stuur.

Haar poesie was so nat dat vog by sy piel afgeloop het, en hy het gekreun toe sy haar spleet doelbewus om hom vasgeklem het, sodat hy haar meer teëstaan.

Hy kantel hulle altwee sodat sy weer op haar rug op die gras is en begin sy piel hard in en uit haar stamp.

Samy het nog harder gekreun, haar naels het haar terughark terwyl nog 'n harde stoot haar teruggebring het na haar klimaks.

Die stywe spasma om sy piel het James ook vinnig laat kom en hy het nog vinniger in haar vasgestamp terwyl sy warm sperma haar gevul het totdat dit oor haar bobene gemors het.

Hy het na die kant geval en hyg.

Hy het haar toe na hom toe getrek en sagte soene aan die kant van haar gesig geplaas.

"Nou, sal dit nog vyf jaar duur voordat jy dapper genoeg is om dit weer te doen?"

Hy glimlag en soen die hoek van haar lippe.

"Nooit ooit nie, James."

Samy glimlag en borsel haar lippe teen syne.

"Goed, want ek dink nie ek kan my hande vir meer as 'n dag of twee van jou af hou nie."

Samy se lag weergalm oor die meer, en James glimlag toe hy regop sit en haar diep soen.

Dit kan beslis die begin wees van iets baie interessants.

ONVERWAGTE ONTVANGS

51

Glenn kom huis toe na 'n harde dag by die werk en los sy aktetas en jas by die deur.

Hy vind die huis buitengewoon stil, maar steur hom nie veel daaraan nie en gaan na die slaapkamer.

Terwyl hy met die trappe opstap, ruik hy die wonderlike geur van sy geliefde vrou Susan se parfuum.

Toe hy die landing bereik, hoor hy die flou klanke van musiek wat flou deur die deur na sy kamer ontsnap.

Om seker te maak dat hy geen geraas maak nie, maak hy die deur stadig oop.

"Susan?" Sê hy in 'n taamlik diep manstem.

Soos die deur al hoe wyer oopgaan, laat die gesig van sy naakte liggaam wat op die bed lê hom ril.

"Ja liefie." sê sy in 'n bedompige stem.

Hy begin na die bed toe stap, maar sy sê vir hom om te stop.

Verwonderd doen hy soos hy gesê word, wetende dat sy iets op die hart het.

Sy klim uit die bed.

Sy liggaam beweeg met groot grasie.

Hy kan nie anders as om gefikseer te wees op haar heerlike bors wat effens beweeg soos sy na hom toe stap nie.

Hy voel hoe sy piel hard word soos sy gedagtes deurgaan

"Sy is so mooi".

Sy steek haar hande uit en maak sy gordel los.

Ook sy broek, hy knoop dit los en laat sak dit.

Dit laat hom bewe van opgewondenheid.

Aangesien sy hom so opgewonde sien, glimlag sy en trek sy boksers af met 'n honger behoefte om sy harde lid te suig.

Sy plaas haar hande saggies op sy nou regop piel en streel dit stadig.

Hy steek dan sy tong uit en lek die kop voordat hy dit in sy mond plaas.

Hy kreun as sy sy harde piel begin suig.

Beweeg dit vinniger en vinniger in en uit sy mond.

Dan keer hy stadig terug na 'n lae pas en draai sy tong om die kop terwyl hy dit met sy hand streel.

Hy kreun terwyl haar hand die pienk kop van sy haan streel.

Dan lek sy sy balle tot op die punt van sy piel.

Sy haal dit uit haar mond en staan op om hom passievol te soen terwyl sy sy hemp uittrek.

Hy vou sy warm arms om haar, trek haar nader aan hom, voel hoe haar borste teen sy bors gedruk word.

Terwyl hulle soen, loop sy hande oor haar lyf, voel haar sagte vel onder sy vingerpunte.

Sy hande beweeg oor haar gat en hy druk dit hard.

Hy lig haar aan die gat wat haar bene om sy middel vou en beweeg na die bed toe.

Hy lê haar saggies neer en beweeg bo-op haar.

Hy soen haar diep en gaan af na haar nek en bors.

Hy lek stadig om haar regterbors en kom nader aan haar nou regop tepel.

Hy plaas haar tepel in sy mond en suig daaraan, byt dit saggies.

Hy beweeg na die ander bors, reik af en begin haar klit vryf, wat veroorsaak dat sy haar asemhaling verhoog en liggies begin kreun.

Hy vryf vinniger terwyl hy haar maag soen en fokus op haar naeltjie.

Sy voel hoe sy baie nat word en haar asemhaling versnel.

Hy soen haar oulike heuwel en vervang dan sy vingers met sy tong.

Saggies suig en byt haar klit.

Dit stuur haar op 'n golf van plesier, kreun.

Dan steek sy 'n vinger in wat verby haar opgeswelde poeslippe loop en in daardie geheime, glibberige kol in.

Hy gly sy vinger stadig in en uit en steek dan vinnig nog 'n vinger in terwyl sy kreun.

Hy gaan voort om daarop te konsentreer om haar klit te suig terwyl sy vingers die spesiale plek in haar kosbaar tref wat hy weet maak haar absoluut mal.

Sy kreun hard en voel 'n tintelende sensasie vanaf haar regterbeen op en om haar lyf en uit na haar linkerbeen.

"O skattie!" sy kreun, "Dit voel so goed!"

Glenn weet dat as hy so aanhou, sy beslis oor die rand sal gaan, so hy vertraag en soen haar pad terug om haar mond te verslind.

Hulle deel 'n passievolle soen.

Hulle tonge dans saam.

Hy verwyder sy vingers van haar nou deurweekte poes en begin haar regterbors masseer.

Haar gekerm onderdruk deur die soene.

Die soen breek en sy fluister in sy oor:

"Ek het jou binne-in my nodig, skat."

Die melding van sy harde piel wat in sy geliefde se nat poesie gly, laat hom knor van wellus en hy beweeg bo-op haar.

Hy sprei haar bene met sy heupe en posisioneer homself om haar binne te gaan.

Terwyl hy daarmee speel, steek hy net die kop in en trek dan stadig terug.

"Gee dit asseblief alles vir my." Sy smeek hom, maar hy seëvier en hou tred met die tempo van die spel, plaas net die punt in en trek dit terug wanneer sy begin kerm.

Uiteindelik, op 'n onverwagte punt, dryf hy sy harde lid al die pad om haar te laat skree.

Hy begin met lang, harde hale stadig in en uit haar stoot.

Hy begin harder en vinniger streel en trek aan haar boude vir dieper penetrasie.

"O God, jy voel so goed binne my. Ek is so lief vir jou as jy my poes naai."

Hierop grom hy en onttrek hom skielik.

Hy beduie vir haar om om te draai en sy doen dit vinnig met 'n huppel van opgewondenheid.

Hy weet dat om haar van agter af te betree een van haar gunsteling posisies is en hy gee dit ook graag vir haar so.

Hy steek sy haan in haar en begin hard en vinnig stoot.

Sy kreun hard en vertel hom harder.

Hy is mal daaroor om sy lieflike vrou te naai, so hy begin rowwer met haar raak.

Sy lyf en balle klap teen haar nou rooi gat.

Sy begin terugdruk in sy stote, wat sy haan nog dieper na binne laat gaan.

Hulle kreun albei van plesier.

"O, ek gaan kom, skat. Is jy gereed vir my cum?"

"O ja skat, ek gaan ook kom."

Nog 'n paar houe en Susan gil van plesier en haar liggaam begin bewe terwyl haar orgasme haar oorweldig.

Glenn voel hoe die mure van haar poes sy piel begin melk en hy kan dit nie meer vat nie.

Grom haar naam, hy skiet sy warm sperm diep in haar nou romerige en nat poes.

Susan, uitgeput van sy ontploffing, rus op haar elmboë terwyl sy voel hoe hy nog 'n paar spuite kom in haar inskiet.

Tevrede, en probeer om nie bo-op haar te val nie, onttrek hy stadig van haar poesie en gryp haar aan die middel, trek haar saam met hom op die bed.

Hulle kyk in mekaar se oë, albei vertroebel deur die kragtige orgasmes wat net sekondes gelede deur hul liggame gegaan het.

'n Bevrediging van wedersydse kennis talm in die vertrek terwyl die twee in mekaar se arms aan die slaap raak.

ONTVEVREDE

57

Dis 'n koel oggend.

Ek moet gaan werk, maar ek is nie lus om op te staan nie.

As ek hier lê, dink ek daaraan om jou lief te hê.

Ek kan sien hoe jou oë na my kyk, vir my glimlag.

Ek kan al voel hoe die hitte in my kruis bou.

Ek gly my hand saggies oor my borste asof jou oë dit volg.

My tepels reageer dadelik, verhard.

Ek lig die bors om 'n tepel saggies in my mond te suig.

Ek voel hoe jou lippe om die ander tepel sluit en 'n diep kreun ontsnap my lippe.

Ek voel die sap as dit begin afgly van die binnekant van my poes af.

Ek beweeg my hande om my maag en dan af na my maag, verbeel my dat jou hande aan my raak.

Ek skuif my middelvinger stadig in die nattigheid en warmte in.

Ek druk my vinger asof jou haan diep in my begrawe is.

Deur my vinger in en uit te gly, begin my heupe in 'n sirkelbeweging beweeg.

Ek voel hoe my vinger meer wil hê van die sensasie wat geskep word.

Die palm van my hand het die sap gevang wat nou uit my poes kom.

Ek lek die soet smaak van my handpalm en gly my lang vinger in my mond en verbeel my dit is jou heerlike haan.

Ek omring die punt van my vinger stadig met my tong asof dit die kop van jou haan is.

Ek beweeg my tong langs my vinger, draai dit om om elke stukkie sap op te vang.

Ek maak my lippe styf om die basis van my vinger toe en skuif my mond na die punt en begin met my tong om die bokant van my vinger werk.

Wat dink jy jou haan is in my mond begrawe?

Kyk hoe my kop op en af beweeg, jou diep in my keel insuig met my mondspiere wat werk.

Ek suig jou haan en jy kan voel hoe my tong en mond jou suig net soos ek voel jy het my tepels gesuig.

My tong beweeg oral , my nat lippe beweeg voortdurend met die behoefte om jou harder, vinniger en dieper te suig.

Ek is baie opgewonde oor die idee om te voel dat jy in my begrawe is.

Ek vat my vinger en skuif dit terug in my poes, maak seker dit is deurweek.

Ek haal my vinger uit en vryf dit oor my spleet en doop dit weer in vir meer vog.

Hierdie keer vryf ek ook my stywe agtergat.

Ek gly stadig 'n vinger na binne en die orgasme is onmiddellik.

Ek sal graag wil hê dat jy my met jou vingers en jou piel op dieselfde tyd naai.

Ek hou van die idee om deur jou gevul te word.

Ek rol op my maag en begin my klit met albei hande bewerk.

Beweeg my hande na my maag, druk stewig op my soethoop.

Ek naai myself met my hande totdat ek voel hoe daardie sensasie begin.

Die sensasie begin diep in my en laat my kramp terwyl ek weer gaan kom.

Ek beweeg my heupe vinniger, my voete krul op met die behoefte om binne te ontplof soos ek myself vinger naai.

'n Lang, diep, guitige kreun ontsnap terwyl ek ten volle klimaks en ontplof.

Uitgeput lê ek op my rug, dink aan wat ek sopas beleef het en vind myself weer opgewonde.

Ek vra myself voortdurend af "wat is hierdie towerspel wat jy op my het"?

Geen man het my so aangetrokke soos jy nie.

Ek sien jou in my gedagtes, die liefdevolle en sexy man wat jy is.

Ek kan jou sagte, soet lippe op myne voel.

Die manier waarop jou syagtige tong my lippe omlyn en die sagte byt van jou tande.

Die manier hoe jou tong diep in my mond gly en proe hoe honger ek vir jou is.

Die manier waarop jou tong myne omring en die soet uitruiling van jou speeksel meng met myne.

Ek kan jou warm mond voel terwyl dit na my oor beweeg en die warmte van die punt van jou tong soos dit na binne pyl.

Die sagte fluistering van my naam bring 'n stormloop van kom reg in my soet poes en jou mond beweeg na my harde, regop tepels.

Stadig sirkel jou tong my linker tepel en jy blaas so sag.

Jy maak jou mond toe oor my reaktiewe hardheid en ek kreun.

My regterhand begin oor my tepels gly en ek lig die linkerbors na my mond om sagkens aan die tepel te suig en na te boots hoe jou mond sou voel.

Stadig gly my vingers oor my ribbes na my maag en die lang, dun vingers van my hand bereik my lieflike klitoris.

Die punte borsel saggies teen die knoppie en my middelvinger gly na binne na die eerste kneuk om die vog te voel wat daar versamel het.

Ek gly my vinger diep om jou kom los te maak en die heuningsap in die palm van my hand te vang.

Ek lek die sap uit my handpalm en smul aan die smaak en reuk van seks.

Ek gly my middelvinger, tot by die eerste knokkel, in my mond, en verbeel my dis die kop van jou haan.

Stadig dwarrel my tong rond, proe weer die sap en ek weet dis jou precum wat ek op my tong proe.

My warm, nat mond gly oor my vinger, asof dit jou warm, opgeswelde lid is.

My mond sluit heeltemal en gly tot by die punt terwyl my stywe mond net die verbeelde kop van jou syagtige haan suig.

Soos ek die pas optel om my vinger in my mond te fok, kan ek amper die spanning in jou balle voel soos die sperma begin styg.

By hierdie einste gedagte voel ek hoe die nattigheid uit my poes glip en ek weet ek moet myself naai.

Ek rol vinnig op my maag, my hande reik na my poes.

Ek druk hulle hard teen my heuwel, die pads van my vingers vind my klit.

My heupe begin stadig draai, rond en rond soos my voet- en beenspiere begin span en my vingers my soet poes werk.

Ek kyk hoe jy van agter af inkom en ek verbeel my jou piel, deurweek van my sappe en glinsterend van natheid soos dit in en uit my poes gly.

O, fok, ek is so fokken aangeskakel as my vingers en palms hard druk... so hard as wat hulle kan as wat ek klimaks.

My voete en bene is saamgeklem, my lyf sidder van die intensiteit.

Ek draai op my rug en verbeel my jou soet, kloppende piel in my komdors poesie.

My poespiere hou aan om te klem asof hulle die kom uit jou piel suig.

En dan ja, ek kan amper daardie warm tong van jou voel soos dit op en af in my spleet gly.

Jou mond sluit oor die lippe van my poes en die vinnige beweging van jou tong laat my in jou mond kom.

En jy staan op, dring oor my lyf en skuif jou cum-geweekte haan in my mond in.

Ek smul aan die smaak van ons gemengde sappe terwyl ek skoon suig en lek.

Ek sak op die bed neer, my lyf bewe en tintel steeds.

Wat 'n wonderlike gevoel laat jy my saam met jou voel.

EINDE

63

Don't miss out!

Visit the website below and you can sign up to receive emails whenever Erika Sanders publishes a new book. There's no charge and no obligation.

https://books2read.com/r/B-A-IGGS-MELOC

BOOKS 2 READ

Connecting independent readers to independent writers.